에피파니 에쎄 플라네르
Epiphany Essai Flaneur

‖ 한 줄짜리 日本詩 ‖

와카·하이쿠·센류
그림 시집

和歌·俳句·川柳集

이수정(문학박사, 시인) 편역

편역자 일러두기

1. 이 책에 실린 시편들은 《만요슈万葉集》《코킨와카슈古今和歌集》《신 코킨와카슈新古今和歌集》《하쿠닌잇슈百人一首》《마쓰오 바쇼 전집松尾芭蕉全集》《요사 부손 전집与謝蕪村全集》《코바야시 잇사 전집小林一茶全集》《하이후 야나기다루誹風柳多留》 등에서 엄선했으며, 기타 인터넷 자료들을 참조했다.

2. 일본 내외를 막론하고 사랑받는 수작들은 거의 대부분 수록했다. 단, 이 선정에는 '좋은 것'에 대한 역자의 기준이 철저히 작용하였음을 미리 일러둔다.

3. 시의 종류와 발생 시기에 따라 와카, 하이쿠, 센류 3부로 구성했다.

4. 각 부 내에서의 배열 순서는 가급적 작가의 연도순으로 했다. 와카의 경우는 일본의 전통에 따라 춘하추동을 따로 배치했다.

5. 번역은 최대한 원작의 표현을 존중했으나 시의 의미와 맛을 살리기 위해 부득이 의역한 것도 적지 않다. 양해를 구한다.

6. 기존의 일부 번역과 달리 5-7-5-7-7이나 5-7-5의 자수는 기본적으로 철저히 지켰다. 그것은 와카, 하이쿠, 센류의 철칙이기 때문이다. 단, 원작에서도 그렇듯이 부득이 1자 정도 많거나(字余り) 적은 것(字足らず)도 없지는 않다.

7. 번역의 책임성을 위해, 혹은 필요한 독자들을 위해, 혹은 자료적 가치를 위해, 혹은 검색의 편의를 위해 일어 원시를 함께 실었다. 이 원시에는 그 음악성을 알리기 위해 한글로 발음을 병기했다. 뜻을 모르더라도 노래처럼 즐기기를 기대한다. 단, 고전의 전통표기법歷史的仮名遣い 중 'はひふへほ'는 실제 발음대로 '와이우에오', 문말의 'む'는 '음' 또는 '은'이라 표기했다. 이 외에도 표기와 실제 발음이 다른 경우가 몇 가지 있다. 발음에 따라 적었다.

8. 일본어 'か'행과 'た'행의 표기는 현행 외래어표기법과 달리 '가기구게고', '다지쓰데도'가 아닌 '카키쿠케코' '타치쓰테토'로 했다. 현행 표기법은 'か'와 'が', 'た'와 'だ'의 구별이 안 되어 따르기가 곤란하다. 원음은 '카타'와 '가다'의 중간쯤 된다.

- 에피파니Epiphany는 '책의 영원성'과 '정신의 불멸성'에 대한 오래된 새로운 믿음을 갖습니다

에피파니 에쎄 플라네르
Epiphany Essai Flaneur

‖ 한 줄짜리 日本詩 ‖

와카·하이쿠·센류 그림 시집

和歌·俳句·川柳集

이수정(문학박사, 시인) 편역

에피파니

반기는 글

'바쁜 세상 속 한 줄의 시를 읽는 순간의 여유'

아득한 옛날부터 일본인들은 한 줄짜리 시를 즐겼다.
5-7-5-7-7 글자수도 맞췄다.
이를 와카和歌라 한다.
더러는 이도 길다고 5-7-5로 줄였다.
이를 하이쿠俳句라 한다.
여기엔 반드시 계절을 나타내는 '키고季語'가 들어간다.
더러는 이를 무시하고 재치와 풍자의 해학을 담았다.
이를 센류川柳라 한다.

이 시들은 존재를 포착하는 언어의 스냅사진과도 같다.
이 존재는 순간의 장면이다.
이 장면들엔 자연이 있고 인생이 있고 마음이 있다.

봄·여름·가을·겨울, 꽃과 새, 달과 별은 기본
개구리, 매미, 벼룩, 까마귀, 비와 눈, 사랑과 작별…
그야말로 만유가, 삼라만상이, 이 한 줄의 시를 우주 삼
아 노닌다.
이런 단순함과 깔끔함은 누가 뭐래도 일본의 매력이다.
이젠 온 세계가 이것을 주목하고 함께 즐긴다.
우리도 즐길 수 있다.
와카·하이쿠·센류의 수작들을 한꺼번에 모은
이런 일본 시가집은 아마 국내 최초일 것이다.

인연이 닿아 누군가가 이 책을 손에 들기를, 그리고 그
손길과 눈길이 즐겁기를 기대한다.

                                    2019년 봄 이수정

차례

3. 센류 川柳

1. 와카 和歌

만요슈 万葉集*

7세기 후반-8세기 후반

* 성립은 759년 이후

海神の豊旗雲に入日さし
와타쯔미노　토요하타구모니　이리비사시
　今夜の月夜さやけかりこそ
코요이노쯔키요　사야케카리코소

中大兄皇子(＝天智天皇)(626년)

君待つと我が恋ひ居れば我がやどの
키미마쯔토　와가코이오레바　와가야도노
　簾動かし秋の風吹く
스다레우고카시　아키노카제후쿠

額田王(630년)

巻向の山辺響みて行く水の
마키무쿠노　야마베토요미테　유쿠미즈노
　水沫のごとし世の人我は
미나와노고토시　요노히토와레와

柿本人麿呂(660년)

넓은 바다의 멋진 깃발 구름에 석양 비치니

오늘 밤 달밤일랑 맑았으면 좋겠네

나카노오에 왕자

님 기다리며 그리워 애타는데 내 집 문 앞에

쳐진 발을 흔들며 지나는 가을바람

누카타 왕

마키무쿠의 산록을 울리면서 흐르는 물의

물거품과 같구나, 이승 사는 이 몸은

카키노모토노 히토마로

矢橋
帰帆

近江八景　矢橋帰帆
歌川広重

世間を憂しとやさしと思へども
요노나카오 우시토야사시토 오모에도모
　飛び立ちかねつ鳥にしあらねば
　토비타치카네쯔 토리니시아라네바

　　　　　　　　　山上憶良(660년)

人もなき空しき家は草枕
히토모나키 무나시키이에와 쿠사마쿠라
　旅にまさりて苦しかりけり
　타비니마사리테 쿠루시카리케리

　　　　　　　　　大伴旅人(665년)

夏の野の繁みに咲ける姫百合の
나쯔노노노 시게미니사케루 히메유리노
　知らえぬ恋は苦しきものぞ
　시라에누코이와 쿠루시키모노조

　　　　　　　　　大伴坂上郎女(700년경)

인간 세상을 힘들고 괴롭다고 생각하지만

날아가진 못하네, 새도 아닌 터라서

야마노우에노 오쿠라

사람도 없는 썰렁한 집안이란 풀베개 베는

나그네의 길보다도 더욱 가슴 시리네

오토모노 타비토

여름 들판의 풀숲에 피어 있는 은방울꽃의

남모르는 연모는 쓰라린 것이러니

오토모노 사카노우에 낭자

柳こそ伐れば生えすれ世の人の
야나기코소　키레바하에스레　요노히토노

　　恋に死なむを如何にせよとぞ
　　코이니시나무오　이카니세요토조

　　　　　　　　　読人しらず(東歌)

父母が頭かき撫で幸くあれて
치치하하가　카시라카키나데　사쿠아레테

　　いひし言葉ぜ忘れかねつる
　　이이시케토바제　와스레카네쯔루

　　　　　　　　　読人しらず(防人歌)

버들가지야 꺾여도 또 나지만 세상 사람은

그리워 죽겠는데 어쩌란 말이신지

작자 불명

부모님께서 머리 쓰다듬으며 '무탈하거라'

건네신 그 말씀을 내 어찌 잊으리오

작자 불명

코킨와카슈 古今和歌集

912년경

春歌

花の色は霞にこめて見せずとも
<small>하나노이로와 카스미니코메테 미세즈토모</small>
　香をだにぬすめ春の山かぜ
<small>카오다니누스메　하루노야마카제</small>

良岑宗貞(＝遍昭)(816년)

春のきる霞の衣ぬきをうす
<small>하루노키루 카스미노코로모 누키오우스</small>
　山風にこそ乱るべらなれ
<small>야마카제니코소 미다루베라나레</small>

在原行平(818년)

桜花散りかひくもれ老いらくの
<small>사쿠라바나 치리카이쿠모레 오이라쿠노</small>
　来むといふなる道まがふがに
<small>키무토이우나루 미치마가우가니</small>

在原業平(825년)

봄노래

매화꽃 빛은 안개에 감추어서 안 보여줘도
　향기라도 훔치렴, 봄의 산바람이여

　　　　　　　　요시미네노 무네사다(=헨조)

봄이 걸치는 안개로 지은 옷은 씨실 가늘어
　산바람만 불어도 살랑일 것만 같네

　　　　　　　　아리와라노 유키히라

벚꽃 잎이여, 어지러이 흩날려 눈 가려주렴
　늙음이 찾아오는 저 길이 헷갈리게

　　　　　　　　아리와라노 나리히라

世の中にたえて桜のなかりせば
요노나카니　타에테사쿠라노　나카리세바
　　春の心はのどけからまし
　　하루노코코로와　노도케카라마시

　　　　　　　　　　　　在原業平

月やあらぬ春や昔の春ならぬ
쯔키야아라누　하루야무카시노　하루나라누
　　わが身一つはもとの身にして
　　와가미히토쯔와　모토노미니시테

　　　　　　　　　　　　在原業平

花の色は移りにけりないたづらに
하나노이로와　우쯔리니케리나　이타즈라니
　　わが身世にふるながめせしまに
　　와가미요니후루　나가메세시마니

　　　　　　　　　　　　小野小町(825년경)

세상천지에 혹시나 저 벚꽃이 없었더라면
　차분한 마음으로 봄을 보냈을 테지

　　　　　　　　아리와라노 나리히라

달도 다르고 봄도 옛날 그 봄과 다르건마는
　이 내 몸 하나만은 옛날 그대로이니

　　　　　　　　아리와라노 나리히라

곱던 꽃빛도 저리 변하였구나 허무하게도
　이 몸이 세상 살며 긴 비 젖는 사이에

　　　　　　　　오노노 코마치

雪のうちに春は来にけり鶯の
유키노우치니　하루와키니케리　우구이스노
　　こほれる涙今やとくらむ
　　코오레루나미다　이마야토쿠라음

　　　　　　　　藤原高子(=二条后)(842년)

春立てど花もにほはぬ山里は
하루타테도　하나모니오와누　야마자토와
　　物憂かる音に鶯ぞ鳴く
　　모노우카루네니　우구이스조나쿠

　　　　　　　　在原棟梁(850년경)

桜花散らば散らなむ散らずとて
사쿠라바나　치라바치라나음　치라즈토테
　　ふるさと人の來ても見なくに
　　후루사토비토노　키테모미나쿠니

　　　　　　　　惟喬親王(844년)

눈 내리지만 봄은 벌써 왔구나 휘파람새의
　얼어 있던 눈물도 이젠 녹아가겠지

　　　　　　　후지와라노 타카이코

봄이 왔건만 꽃향기 아직 없는 산중 마을은
　걱정스런 소리로 휘파람새 우누나

　　　　　　　아리와라노 무네하리

어여쁜 벚꽃 지려면 지려무나 안 진다 해서
　정든 옛 그 사람이 보러 올 일도 없고

　　　　　　　코레타카 왕자

江戸近郊八景之内　小金井橋夕照
歌川広重

おもふどち春の山べにうちむれて
オモ우도치 하루노야마베니 우치무레테
そこともいはぬ旅寝してしが
소코토모이와누 타비네시테시가

素性法師(8??년)

見わたせば柳桜をこきまぜて
미와타세바 야나기사쿠라오 코키마제테
都ぞ春の錦なりける
미야코조하루노 니시키나리케루

素性法師

花の香を風のたよりにたぐへてぞ
하나노카오 카제노타요리니 타구에테조
鶯さそふしるべには遣る
우구이스사소우 시루베니와야루

紀友則(850년?)

030

좋은 이끼리 봄 내린 산자락에 발걸음하여
어디랄 것도 없이 나그네 잠 자봤으면

소세이 법사

쭉 둘러보니 버드나무 벗나무 뒤섞여 있어
저기 우리 도읍은 봄이 짠 비단일세

소세이 법사

매화 향기를 봄바람의 소식에 함께 덧붙여
휘파람새 오라는 길안내로 보내네

키노 토모노리

ひさかたの光のどけき春の日に
하사카타노　히카리노도케키　하루노히니
　　しづ心なく花の散るらん
　　시즈고코로나루　하나노치루라음

　　　　　　　　紀友則

今日のみと春を思はぬときだにも
쿄오노미토　하루오오모와누　토키다니모
　　立つことやすき花のかげかは
　　타쯔코토야스키　하나노카게카와

　　　　　　　凡河内躬恒(859년?)

春の夜のやみはあやなし梅の花
하루노요노　야미와아야나시　우메노하나
　　色こそ見えね香やはかくるる
　　이로코소미에네　카야와카쿠루루

　　　　　　　凡河内窮恒

오늘 같은 날 빛살도 한가로운 좋은 봄날에
　　벚꽃은 어이 저리 심란하게 지는가

　　　　　　　　　　　　　　키노 토모노리

'오늘 하루뿐' 그런 생각 안 드는 봄이라 해도
　　어디 떠나기 쉬운 꽃그늘이겠는가

　　　　　　　　　　　　오시코우치노 미쓰네

봄밤의 어둠 대체 뭘 하려는지 매화꽃 덮어
　　빛깔은 감추어도 향기는 어쩔 텐가

　　　　　　　　　　　　오시코우치노 미쓰네

やどりして春の山べに寝たる夜は
야도리시테 하루노야마베니 네타루요와
　夢のうちにも花ぞ散りける
　유메노우치니모 하나조치리케루

紀貫之(872년경)

ひとはいさ心もしらずふるさとは
히토와이자 코코로모시라즈 후루사토와
　花ぞ昔の香ににほひける
　하나조무카시노 카니니오이케루

紀貫之

梅の花匂ふ春べはくらぶ山
우메노하나 니오우하루베와 쿠라부야마
　闇に越ゆれどしるくぞありける
　야미니코유레도 시루쿠조아리케루

紀貫之

잠시 묵으며 봄이 온 산사에서 잤던 그 밤은
　　꾸었던 꿈에서도 벚꽃이 지더이다

　　　　　　　　　　　　　　키노 쯔라유키

사람 마음은 무슨 생각 하는지 알 수 없지만
　　옛 마을에 핀 꽃은 옛 향기 그대로네

　　　　　　　　　　　　　　키노 쯔라유키

매화꽃 피어 향기 나는 봄에는 어두운 산을
　　어둠 속에 넘어도 또렷이 알 수 있네

　　　　　　　　　　　　　　키노 쯔라유키

名所江戸百景　請地秋葉の境内
歌川広重

古今書画鑑　熊谷蓮生坊真跡
葛飾 北斎

山ざくら霞の間よりほのかにも
야마자쿠라 카스미노마요리 호노카니모
　　見てし人こそ恋しかりけれ
　　미테시히토코소 코이시카리케레

　　　　　　　　　　　　　紀貫之

春霞立つを見すてて行く雁は
하루가스미 타쯔오미스테테 유루카리와
　　花なき里に住みやならへる
　　하나나키사토니 스미야나라에루

　　　　　　　　　　　　　伊勢(872경)

春ごとに流るる川を花と見て
하루고토니 나가루루카와오 하나토미테
　　折られぬ水に袖や濡れなむ
　　오라레누미즈니 소데야누레나음

　　　　　　　　　　　　　伊勢

산에 핀 벚꽃 자욱한 안개 틈에 어렴풋 보듯
　그리 본 그 사람이 왜 이리 그리운지

키노 쯔라유키

봄 안개 껴도 못 본 채 버려두고 가는 기러기
　꽃 없는 마을에서 오래 살아 그런지

이세

매년 봄마다 흐르는 강의 꽃을 진짠 줄 알고
　꺾지 못할 물에다 소매만 적시누나

이세

年をへて花の鏡となる水は
토시오헤테 하나노카가미토 나루미즈와
散りかかるをや曇ると言ふらむ
치리카카루오야 쿠모루토이우라읅

伊勢

春霞色のちぐさに見えつるは
하루가스미 이로노치구사니 미에쯔루와
たなびく山の花のかげかも
타나비쿠야마노 하나노카게카모

藤原興風(8??년)

散りぬとも香をだにのこせ梅の花
치리누토모 카오다니노코세 우메노하나
恋しきときの思ひでにせむ
코이시키토키노 오모이데니세음

読人しらず

세월이 흘러 꽃들의 거울이 된 강의 수면은
꽃이 져 떨어짐을 흐려진다 하겠네

이세

봄 안개 빛깔 천차만별 다르게 보이는 것은
길게 뻗친 산자락 꽃그늘 탓일지도

후지와라노 오키카제

져버렸어도 향기만은 남기렴 매화꽃이여
네가 그리워질 때 추억으로 삼도록

작자불명

残りなく散るぞめでたき桜花
노코리나쿠 치루조메데타키 사쿠라바나
　ありて世の中はての憂ければ
　아리테요노나카 하테노우케레바

春日野は今日はな焼きそ若草の
카스가노와 쿄오와나야키소 와카루사노
　つまもこもれり我もこもれり
　쯔마모코모레리 와레모코모레리

梓弓押してはるさめ今日降りぬ
아즈사유미 오시테하루사메 쿄오후리누
　明日さへ降らば若菜つみてむ
　아스사에후라바 와카나쯔미테음

남김없이 싹, 지는 거라 좋구나 벚꽃이란 건
　　살아봐야 이 세상 결국은 걱정이니

　　　　　　　　　　　　　　　　　작자불명

카스가 들판 오늘은 태우지 마오, 오늘 거기서
　　아내도 놀고 있고 나도 놀고 있으니

　　　　　　　　　　　　　　　　　작자불명

온 세상천지 봄비가 내리누나 오늘 내리고
　　내일도 또 내리면 나물 캐기 좋겠네

　　　　　　　　　　　　　　　　　작자불명

江戸名所　飛鳥山はな見
歌川 広重

宿近く梅の花植ゑじあぢきなく
야도치카루 우메노하나우에지 아지키나루
待つ人の香にあやまたれけり
마쯔히토노카니 아야마타레케리

読人知らず

처소 근처에 매화 심지 말아야지 터무니없이

기다리는 님 향기로 착각하게 될 테니

작자불명

夏歌

蓮葉の濁りに染まぬ心もて
하치스바노　니고리니소마누　코코로모테
　　なにかは露を玉とあざむく
　　나니카와　쓰유오　타마토아자무쿠

良岑宗貞(＝遍昭)(816년)

夏と秋とゆきかふ空のかよひぢは
나쯔토아키토　유키카우소라노　카요이지와
　　かたへすずしき風や吹くらむ
　　카타에스즈시키　카제야후쿠라음

凡河内躬恒(859년?)

暮るるかとみればあけぬる夏の夜を
쿠루루카토　미레바아케누루　나쯔노요오
　　あかずとやなく山ほととぎす
　　아카즈토야나쿠　야마호토토기스

壬生忠岑(860경)

여름노래

그대 연잎은 흙탕에도 청정한 마음일진데
　어찌하여 이슬을 구슬이라 속이나

요시미네노 무네사다

여름과 가을 스쳐가는 하늘의 교차로에는
　한쪽에서 선선한 바람 불고 있겠지

오시코우치노 미쯔네

저물었는가 하고 보면 동트는 짧은 여름밤
　아쉽다 울고 있는 저기 저 산두견새

미부노 타다미네

さつきまつ花たちばなの香をかげば
사쯔키마쯔 하나타치바나노 카오카게바
昔の人の袖のかぞする
무카시노히토노 소데노카조스루

読人知らず

오월 기다린 귤꽃에서 풍기는 향내 맡으니

그 옛날 그 사람의 소매 향 떠오르네

작자불명

富嶽三十六景　甲州犬目峠
葛飾 北斎

秋歌

秋の夜のあくるも知らず鳴く虫は
아키노요노 아쿠루모시라즈 나쿠무시와
　　わがごとものやかなしかるらむ
　　와가고토모노야 카나시카루라음

　　　　　　　　　　藤原敏行(8??전반)

白露の色はひとつをいかにして
시라쯔유노 이로와히토쯔오 이카니시테
　　秋の木の葉をちぢに染むらむ
　　아키노코노하오 치지니소무라음

　　　　　　　　　　　藤原敏行

ちはやぶる神代もきかず龍田川
치하야부루 카미요모키카즈 타쯔타가와
　　韓紅に水くくるとは
　　카라쿠레나이니 미즈쿠쿠루토와

　　　　　　　　　　在原業平(825)

가을노래

이 가을밤이 새는 줄도 모르고 우는 벌레는
　　나처럼 세상일들 슬프다는 것인지

　　　　　　　　　　　후지와라노 토시유키

새하얀 이슬 빛깔은 한 가진데 어찌하여서
　　가을 나뭇잎들을 알록달록 물들이나

　　　　　　　　　　　후지와라노 토시유키

이런 이야긴 신들의 시대에도 들은 바 없네
　　타쯔타강이 온통 단풍에 물들다니

　　　　　　　　　　　아리와라노 나리히라

心あてに折らばや折らむ初霜の
코코로아테니　오라바야오라음　하쯔시모노
　置きまどはせる白菊の花
　오키마도와세루　시라키쿠노하나

凡河内躬恒(859년?)

初雁のはつかに声を聞きしより
하쯔카리노　하쯔카니코에오　키키시요리
　中空にのみ物を思ふかな
　나카조라니노미　모노오오모우카나

凡河内躬恒

山里は秋こそことにわびしけれ
야마자토와　아키코소코토니　와비시케레
　鹿の鳴く音に目をさましつつ
　시카노나쿠네니　메오사마시쯔쯔

壬生忠岑(860경)

어루더듬어 꺾는다면 꺾어볼까 첫서리 앉아

　헷갈리게 만드는 새하얀 국화꽃들

　　　　　　　　　　오시코우치노 미쯔네

첫 기러기의 어렴풋한 소리를 듣고서부터

　저기 저 하늘에만 자꾸 마음 쓰이네

　　　　　　　　　　오시코우치노 미쯔네

산마을에선 가을이 특히나 더 쓸쓸하나니

　사슴 우는 소리에 잠을 깨기도 하고

　　　　　　　　　　미부노 타다미네

今よりは植ゑてだに見じ花すすき
이마요리와 우에테다니미지 하나스스키
　ほにいづる秋はわびしかりけり
　호니이즈루아키와　와비시카리케리

平貞文(872)

年ごとにもみぢ葉ながす龍田川
토시고토니 모미지바나가스 타쯔타가와
　水門や秋のとまりなるらむ
　미나토야아키노　토마리나루라음

紀貫之(872년경)

きりぎりすいたくな鳴きそ秋の夜の
키리기리스 이타쿠나나키소 아키노요노
　ながき思ひはわれぞまされる
　나가키오모이와　와레조마사레루

藤原忠房(8??년 후반)

이제부터는 심더라도 안 보리 고운 억새꽃

　다발에 피는 가을은 너무 쓸쓸한지라

타이라노 사다후미

매년 이맘때 단풍잎 흘러가는 타쯔타강의

　흐름 끝이 아마도 가을의 끝이런가

키노 쯔라유키

귀뚜라미야 그리 좀 울지 마라 이 가을밤에

　하염없는 생각은 내가 외려 더하니

후지와라노 타다후사

百人一首　宇波か縁説　参儀等
葛飾 北斎

月見ればちぢに物こそかなしけれ
쯔키미레바 치지니모노코소 카나시케레

わが身ひとつの秋にはあらねど
와가미히토쯔노 아키니와아라네도

大江千里(9??년)

昨日こそさなへとりしかいつのまに
키노우코소 사나에토리시카 이쯔노마니

稲葉そよぎて秋風のふく
이나바소요기테 아키카제노후쿠

読人知らず

木の間よりもりくる月の影見れば
코노마요리 모리쿠루쯔키노 카게미레바

心づくしの秋は來にけり
코코로즈쿠시노 아키와키니케리

読人知らず

달 보노라니 오만가지 것들이 다 서글퍼라
　　나 혼자만 찾아온 가을은 아니지만

　　　　　　　　　　　　　오에노 치사토

바로 엊그제 모내기 하였건만 어느새 벌써
　　이삭을 살랑이며 가을바람 부누나

　　　　　　　　　　　　　작자불명

나무 틈새로 새나오는 달빛을 보고 있자니
　　사념에 빠져드는 가을이 왔나보네

　　　　　　　　　　　　　작자불명

白雲に羽うちかはし飛ぶ雁の
시라쿠모니　하네우치카와시　토부카리노
　かずさへ見ゆる秋の夜の月
　　카즈사에미유루　아키노요노쯔키

　　　　　　　　読人しらず

鳴きわたる雁のなみだや落ちつらむ
나키와타루　카리노나미다야　오치쯔라음
　物思ふ宿の萩のうへの露
　　모노오모우야도노　하기노우에노쯔유

　　　　　　　　読人しらず

하얀 구름에 날개 번갈아 치며 나는 기러기
　마릿수도 보이는 가을밤 환한 달빛

작자 불명

울며 떠나는 기러기의 눈물이 떨어진 걸까
　사색하는 내 집 뜰 싸리에 맺힌 이슬

작자 불명

冬歌

梅の花それとも見えず久方の
우메노하나 소레토모미에즈 히사카타노
　　天霧る雪のなべて降れれば
　　아마기루유키노 나베테후레레바

柿本人麻呂(710)

冬ながら空より花の散りくるは
후유나가라 소라요리하나노 치리쿠루와
　　雲のあなたは春にやあるらむ
　　쿠모노아나타와 하루니야아루라윰

清原深養父(8??년 중반)

雪降れば木ごとに花ぞ咲きにける
유키후레바 키고토니하나조 사키니케루
　　いづれを梅とわきて折らまし
　　이즈레오우메토 와키테오라마시

紀友則(850년?)

066

겨울노래

하얀 매화꽃 구별도 못하겠네 이런 날에는
　　하늘 가득 희뿌연 눈발이 흩날리니

　　　　　　　　　　　　카키노모토노 히토마로

겨울인데도 하늘에서 흰 꽃이 내리는 것은
　　구름의 저쪽 편엔 봄이라는 거겠지

　　　　　　　　　　　　키요하라노 후카야부

눈이 내려서 나무마다 흰 꽃이 피어 있으니
　　어느 게 매화인지 어찌 알고 꺾으랴

　　　　　　　　　　　　키노 토모노리

龍洞松濤
琉球八景
前北齋房一筆

琉球八景　龍洞松濤
葛飾 北斎

雪ふれば冬こもりせる草も木も
유키후레바　후유코모리세루　쿠사모키모
春に知られぬ花ぞ咲きける
하루니시라레누　하나조사키케루

紀貫之(872경)

今よりはつぎて降らなむわが宿の
이마요리와　쯔기테후라나음　와가야도노
すすきおしなみ降れる白雪
스스키오시나미　후레루시라유키

読人しらず

大空の月の光し清ければ
오오조라노　쯔키노히카리시　키요케레바
影見し水ぞまづこほりける
카게미시미즈조　마즈코오리케루

読人しらず

눈이 내려서 겨울 칩거 중이신 풀도 나무도
　봄에겐 알 수 없는 흰 꽃을 피웠나니

　　　　　　　　　　　　키노 쯔라유키

이제부터는 내리고 또 내리렴 우리집 뜨락
　억새풀 무겁도록 내리는 흰 눈이여

　　　　　　　　　　　　작자불명

드넓은 하늘 차가운 달이 빛나 청량하더니
　밤새 보던 연못 물 가장 먼저 얼었네

　　　　　　　　　　　　작자불명

恋歌

うたた寝に恋しき人を見てしより
우타타네니 코이시키히토오 미테시요리
　夢てふものは頼みそめてき
　유매초우모노와 타노미소메테키

小野小町

思ひつつ寝ればや人の見えつらむ
오모이쯔쯔 누래바야히토노 미에쯔라음
　夢と知りせば覚めざらましを
　유메토시리세바 사메자라마시오

小野小町

사랑 노래

선잠 자다가 그리운 그 사람을 보고 나서는
　꿈이라는 그것에 기대기 시작했네

　　　　　　　오노노 코마치(825년경)

생각하면서 잤더니 그 사람이 보였던 걸까
　꿈인 줄 알았으면 깨어나지 말 것을

　　　　　　　　오노노 코마치

その他の歌

つひに行く道とはかねて聞きしかど
쯔이니유루 미치토와카네테 키키시카도
　　きのふけふとは思はざりしを
　　키노우쿄우토와　오모와자리시오

在原業平(825)

わが君は千代に八千代に細れ石の
와가키미와　치요니야치요니　사자레이시노
　　いはほとなりて苔のむすまで*
　　이와오토나리테　코케노무스마데

読人しらず

*　일본 국가 '키미가요(君が代)'의 원형.

기타 노래

끝내는 가는 길이란 건 전부터 들었지만도
　어제 오늘 일인 줄 미처 생각 못 했네

　　　　　　　　아리와라노 나리히라

나의 님이여 천년만년 사소서 작은 조약돌
　뭉쳐서 바위 되고 이끼가 덮이도록

　　　　　　　　　작자 불명

するか町(三十)
昇斎一景

신 코킨와카슈 新古今和歌集

1210년 경

春歌

暮れてゆく春のみなとは知らねども
うれてゆく　はるのみなとは　しらねども
　　霞に落つる宇治の柴舟
　　　카스미니오쯔루　우지노시바후네

　　　　　　　　　　寂蓮(＝藤原定長)(1139)

山ふかみ春とも知らぬ松の戸に
야마후카미　하루토모시라누　마쯔노토니
　　たえだえかかる雪の玉水
　　　타에다에카카루　유키노타마미즈

　　　　　　　　　　式子内親王(1149)

春の夜の夢の浮橋とだえして
하루노요노　유메노우키하시　토다에시테
　　峰に分かるる横雲の空
　　　미네니와카루루　요코구모노소라

　　　　　　　　　　藤原定家(1162)

080

봄노래

저물어가는 봄이 닿을 항구는 알 수 없지만
　안개를 향해 가네 우지 강의 짐배는

　　　　　　　　자쿠렌(=후지와라노 사다나가)

산이 깊어서 봄인 줄도 모르는 소나무 문에
　토독토독 부딪는 눈 녹은 구슬방울

　　　　　　　　쇼쿠시 공주

봄밤의 잠에 꿈나라 이어주던 다리 끊기니
　산봉우리 떠나는 긴 구름 걸친 하늘

　　　　　　　　후지와라노 사다이에

風かよふ寝ざめの袖の花の香に
카제카요우 네자메노소데노 하나노카니
　かをるまくらの春の夜の夢
　카오루마쿠라노　하루노요노유메

　　　　　　　藤原俊成女(1171경)

見わたせば山もとかすむ水無瀬川
미와타세바 야마모토카스무 미나세가와
　夕べは秋となに思ひけむ
　유우베와아키토　나니오모이케음

　　　　　　　後鳥羽院(=宮内卿)(1180)

薄く濃き野辺のみどりの若草に
우스쿠코키 노베노미도리노 와카루사니
　あとまで見ゆる雪のむら消え
　아토마데미유루　유키노무라기에

　　　　　　　後鳥羽院(=宮内卿)

바람이 들어 자다 깬 내 소매의 꽃향기 묻어

　은은한 베개 위엔 못 다 꾼 봄밤의 꿈

　　　　　　　　후지와라노 토시나리의 딸

쭉 내다보니 산 아래 핀 봄 안개 미나세 강물

　'저녁은 역시 가을' 무슨 그런 생각을

　　　　　　　　고토바인(＝쿠나이쿄)

옅고도 진한 들판의 초록 빛깔 어린 풀잎에

　자국까지 보이는 얼룩얼룩 녹은 눈

　　　　　　　　고토바인

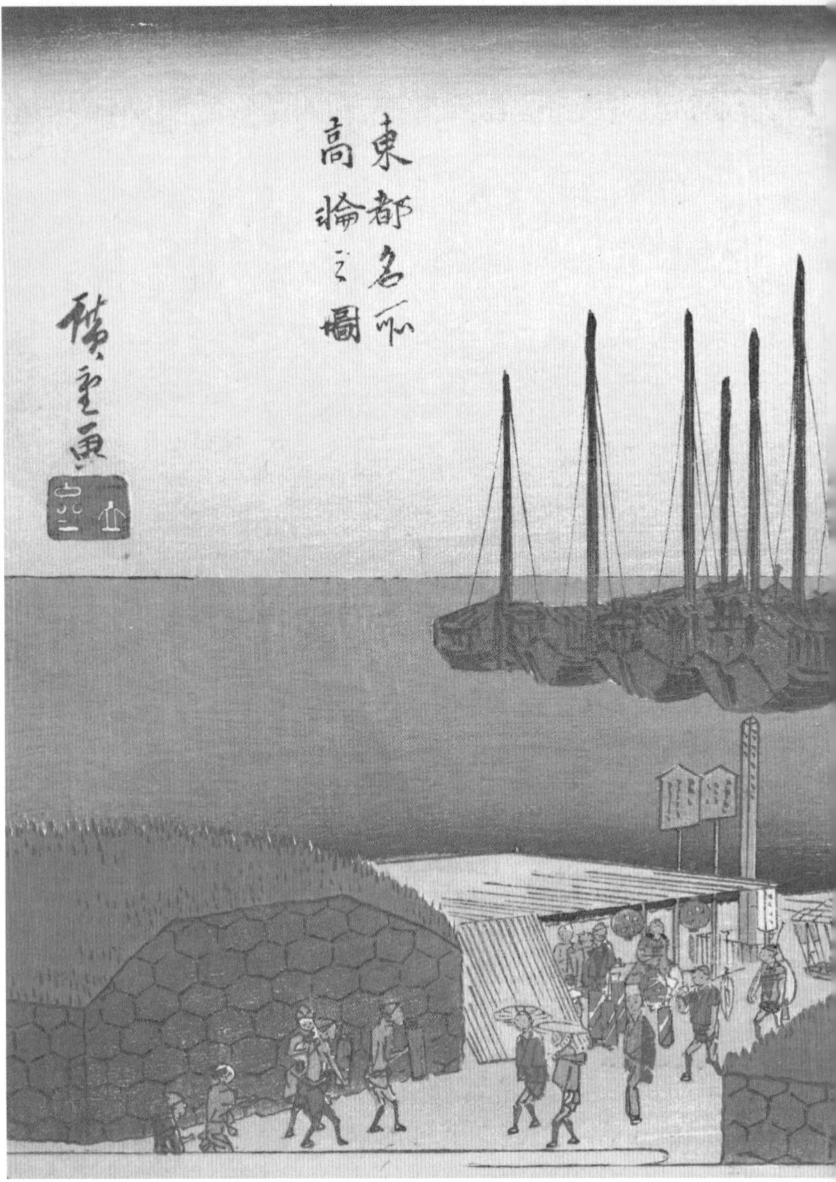
東都名所
高輪之圖
廣重画

東都名所　高輪之図
歌川広重

夏歌

窓近き竹の葉すさぶ風の音に
마도치카키 타케노하무스부 카제노네니
　いとど短きうたた寝の夢
　이토도미지카키 우타타네노유메

　　　　　　　　　　式子内親王(1149)

わすれめや葵を草にひき結び
와스레메야 아우이오쿠사니 히키무스비
　かりねの野べの露のあけぼの
　카리네노노베노 쯔유노아케보노

　　　　　　　　　　式子内親王

여름노래

창문 가까이 댓잎을 희롱하는 바람 소리에
　　너무나도 짧았던 선잠의 꿈이었네

　　　　　　　　　　　　　쇼쿠시 공주

어찌 잊으리 접시꽃을 묶어서 풀베개 삼고
　　선잠 잤던 들판의 이슬 내린 동틀 녘

　　　　　　　　　　　　　쇼쿠시 공주

秋歌

風吹けば玉散る萩の下露に

카제후케바　타마치루하기노　시타쯔유니

はかなく宿る野辺の月かな

하카나쿠야도루　노베노쯔키카나

藤原忠通(1097년)

心なき身にもあはれは知られけり

코코로나키　미니모아와레와　시라레케리

鴫立つ沢の秋の夕暮れ

시기타쯔사와노　아키노유우구레

西行法師(1118)

さびしさはその色としもなかりけり

사비시사와　소노이로토시모　나카리케리

槙立つ山の秋の夕暮れ

마키타쯔야마노　아키노유우구레

寂蓮(1139)

가을노래

바람이 불어 구슬지는 싸리꽃 아래 이슬에
　덧없이 머무르는 들판의 달빛이여

후지와라노 타다미치

속세를 떠난 내게도 서글픔은 알려진다네
　도요새 나는 못의 가을 저녁 어스름

사이교

쓸쓸함이란 그 색이라 할 것도 있을 리 없네
　향나무 솟은 산의 가을 저녁 어스름

자쿠렌

見渡せば花も紅葉もなかりけり
미와타세바 하나모모미지모 나카리케리
　浦の苫屋の秋の夕暮れ
　우라노토마야노 아키노유우구레

　　　　　　　　　藤原定家(1162)

玉ゆらの露もなみだもとどまらず
타마유라노 쯔유모나미다모 토도마라즈
　なき人恋ふる宿の秋風
　나키히토코우루 야도노아키카제

　　　　　　　　　藤原定家

大空をさしたる指の先にこそ
오오조라오 사시타루유비노 사키니코소
　月雪花も秋の紅葉も
　쯔키유키하나모 아키노모미지모

　　　　　　　　　烏丸光弘(1579)

둘러보자니 꽃도 단풍도 눈에 띄지를 않네
　포구의 초막집의 가을 저녁 어스름

　　　　　　　　　　후지와라노 사다이에

잠시 동안의 이슬도 눈물도 멈추지 않고
　가신 님 생각하는 여숙의 가을바람

　　　　　　　　　　후지와라노 사다이에

드넓은 하늘 가리킨 그 사람의 손가락 끝엔
　달도 눈도 꽃들도 가을 단풍도 있네

　　　　　　　　　　카라쓰마루 미쯔히로

諸國六玉川
重歌川広

寬文美人図
작자미상

冬歌

さびしさに堪へたる人のまたもあれな
사비시사니 타에타루히토노 마타모아레나
　庵ならべむ冬の山里
　이오리나라베움 후유노야마자토

西行(1118)

駒とめて袖うち払ふかげもなし
코마토메테 소데우치하라우 카게모나시
　佐野のわたりの雪の夕ぐれ
　사노노와타리노 유키노유우구레

藤原定家(1162)

겨울노래

쓸쓸함에도 견뎌내는 사람이 또 있다 하면
　암자를 이웃하리 겨울 산마을에서

　　　　　　　　　　　　　　사이교

말을 세우고 소매를 털고 있는 자취도 없네
　사노의 나루터의 눈 내리는 이 저녁

　　　　　　　　　　　후지와라노 사다이에

恋歌

思ひあまりそなたの空をながむれば
오모이아마리 소나타노소라오 나가무레바
　かすみをわけて春雨ぞふる
　카스미오와케테 하루사메조후루

藤原俊成(1114)

君いなば月待つとてもながめやらむ
키미이나바 쯔키마쯔토테모 나가메야라음
　東の方の夕暮れの空
　아즈마노카타노 유우구레노소라

西行(1118)

사랑 노래

너무 그리워 님 계신 쪽 하늘을 바라다보니
　안개를 헤치고서 봄비만 내리누나

　　　　　　　　후지와라노 토시나리

그대 갔으니 달 기다린다 하며 바라보려네
　그대 간 동쪽 지방 해 저무는 하늘을

　　　　　　　　사이교

근대의 와카 近代の和歌

1867년 이후

夕焼空焦げきはまれる下にして
유야케조라 코게키와마레루 시타니시테
　氷らむとする湖の静けさ
　　코오라은토스루 우미노시즈케사

　　　　　　　　　　　島木赤彦(1876)

みだれ髪を京の島田にかへし朝
미다레가미오 쿄노시마다니 카에시아사
　ふしていませの君ゆりおこす
　　후시테이마세노 키미유리오코스

　　　　　　　　　　　与謝野晶子(1878)

やは肌のあつき血汐にふれも見で
야와하다노 아쯔키치시오니 후레모미데
　さびしからずや道を説く君
　　사비시카라즈야 미치오토쿠키미

　　　　　　　　　　　与謝野晶子

저녁놀 하늘 한껏 붉게 타오른 거기 아래로

　　얼어붙으려 하는 호수의 정적이여

　　　　　　　　　　　시마키 아카히코

흐트러진 머리 깔끔히 품위 있게 다시 빗고서

　　아침 잠 주무시는 당신 깨라 흔드네

　　　　　　　　　　　요사노 아키코

고운 살결의 뜨거운 혈기에는 손도 안 대고

　　재미없지 않나요 철학하는 당신은

　　　　　　　　　　　요사노 아키코

虹たちし空もありつつ北ぐにの
니지타치시 소라모아리쯔쯔 키타구니노
　　とほき横手のかたに雨降る
　　토오키요코테노 카타니아메후루

　　　　　　　　斎藤茂吉(1882)

青玉のしだれ花火のちりかかり
아오다마노 시다레하나비노 치리카카리
　　消ゆる途上を君よいそがむ
　　키유루토조오오 키미요이소가음

　　　　　　　　北原白秋(1885)

雨ふくむ春の月夜の薄雲は
아메후쿠무 하루노쯔키요노 우스구모와
　　薔薇色なせどまだ寒く見ゆ
　　바라이로나세도 마다사무쿠미유

　　　　　　　　北原白秋

무지개 걸린 하늘도 있으면서 북쪽 지방의
　저만치 한쪽 편엔 소나기도 내리네

　　　　　　　　　사이토 모키치

청옥 빛깔의 불꽃이 버들처럼 흩어져 내려
　사라지는 길 위를 그대여 서두시나

　　　　　　　　　키타하라 하쿠슈

비를 머금은 이른 봄의 달밤의 엷은 구름은
　장밋빛을 띠지만 아직 추워 보이네

　　　　　　　　　키타하라 하쿠슈

江戸高名会亭尽　両国柳橋　河内屋
歌川 広重

山吹の咲しだれたる窓際は
야마부키노 사키시다레타루 마도기와와
子が顔だして空見るところ
코가카오다시테 소라미루토코로

北原白秋

水の辺に光ゆらめく河やなぎ
미즈노베니 히카리유라메쿠 카와야나기
木橋わたればわれもゆらめく
키바시와타레바 와레모유라메쿠

北原白秋

황매화꽃이 피어 늘어져 있는 저기 창가는

　애가 얼굴 내밀고 하늘 쳐다보는 곳

　　　　　　　　키타하라 하쿠슈

차분한 물가 햇빛이 흔들리는 실버들가지

　나무다리 건너니 나도야 흔들리네

　　　　　　　　키타하라 하쿠슈

기타 その他の和歌

春の息登り登りて梢まで
하루노이키 노보리노보리테 코즈에마데
　離れを惜しみいざ花と咲く
　하나레오오시미 이자하나토사쿠

李洙正

砂浜で押し寄る波と遊ぶ蟹
스나하마데 오시요루나미토 아소부카니
　青き空にて見おる白雲
　아오키소라니테 미오루시라쿠모

李洙正

山寺の心に滲みる静寂に
야마데라노 코코로니시미루 시즈케사니
　慰めの音で夕鐘ぞ鳴る
　나구사메노네데 유우카네조나루

李洙正

봄의 숨결이 오르고 또 올라서 가지 끝까지
떠나기가 아쉬워 '그럼 꽃!' 하고 핀다

이수정

모래 해변에 밀려드는 파도와 놀고 있는 게蟹,
푸른 하늘 위에서 구경하는 흰구름

이수정

깊은 산사의 마음에 저며 드는 고요함에게
위로의 음색으로 저녁 종 울어주네

이수정

世の汚れ覆い被さんと白い雪
요노요고레 오오이카부산토 시로이유키
　　暮れも構わず降り続くなり
　　쿠레모카마와즈 후리쯔즈쿠나리

李洙正

세상 더러움 다 덮어주겠다고 새하얀 눈발

저문 줄도 모른 채 내리고 또 내리네

이수정

東海道五十三次　三島

歌川広重

2. 하이쿠 俳句

에도시대의 하이쿠 江戸時代の俳句

1603-1867

月に柄をさしたらばよき団扇かな
쓰키니에오 사시타라바요키 우치와카나

山崎宗鑑(1465년)

さむくとも火になあたりそ雪仏
사무쿠토모 히니나아타리소 유키보토케

山崎宗鑑

落花枝にかへると見れば胡蝶哉
락카에니 카에루토미레바 코초우카나

荒木田守武(1473)

달에 그림만 그려 넣으면 멋진 부채 되겠네

야마자키 소칸

춥다곤 해도 불은 쬐지 마시게 눈사람이여

야마자키 소칸

지던 꽃잎이 어라, 다시 가지로! 보니 나빌세

아라키다 모리타케

散る花を南無阿弥陀仏と夕哉
치루하나오 나무아미다부쯔또 유우베카나

荒木田守武

花落ちて青雲なびく樗哉
하나오치테 아오구모나비쿠 오우치카나

西山宗因(1605)

白炭や焼かぬ昔の雪の枝
시라스미야 야카누무카시노 유키노에다

神野忠知(1625)

지는 꽃 보고 나무아미타불~ 읊조린 저녁

아라키다 모리타케

꽃은 다 지고 청운이 나부끼는 백단향 가지

니시야마 소인

하얀 숯이여 타기 전 너도 한땐 눈 덮인 가지

칸노 타다토모

水の奥氷室尋ぬる柳哉
미즈노오쿠 히무로타즈누루 야나기카나

松尾芭蕉(1644)

古川にこびて目を張る柳かな
후루카와니 코비테메오하루 야나기카나

松尾芭蕉

物好きや匂はぬ草にとまる蝶
모노즈키야 니오와누쿠사니 토마루초오

松尾芭蕉

깊은 저 물 속 빙실을 찾고 있나 이 버들가지

마쯔오 바쇼

낯익은 냇물 반갑다 살랑이는 새 버들가지

마쯔오 바쇼

별난 친구네 향기도 없는 풀에 앉은 이 나비

마쯔오 바쇼

冨嶽三十六景
葛飾 北斎

雲雀より空にやすらふ峠かな
히바리요리 소라니야스라우 토오게카나

松尾芭蕉

春なれや名もなき山の薄霞
하루나레야 나모나키야마노 우스가스미

松尾芭蕉

菜畠に花見顔なる雀哉
나바타케니 하나미가오나루 스즈메카나

松尾芭蕉

종달새보다 하늘에 마음 쉬네 이 고개에선

마쯔오 바쇼

봄이로구나 이름 모를 저 산의 희미한 안개

마쯔오 바쇼

유채밭에서 꽃구경 얼굴이네 저 참새들도

마쯔오 바쇼

樫の木の花にかまはぬ姿かな
카시노키노 하나니카마와누 스가타카나

松尾芭蕉

山路来て何やらゆかし菫草
야마지키테 나니야라유카시 스미레구사

松尾芭蕉

蕎麦はまだ花でもてなす山路かな
소바와마다 하나데모테나스 야마지카나

松尾芭蕉

떡갈나무의 벚꽃에도 무심한 저 자태 보소

마쯔오 바쇼

산길에 오니 어쩐지 이끌리는 작은 제비꽃

마쯔오 바쇼

메밀이 아직 꽃으로 접대하네 이 산길에선

마쯔오 바쇼

むめが香にのっと日の出る山路かな
무메가카니 놋토히노데루 야마지카나

松尾芭蕉

行春や鳥啼き魚の目は泪
유쿠하루야 토리나키우오노 메와나미다

松尾芭蕉

古池や蛙飛びこむ水の音
후루이케야 카와즈토비코무 미즈노오토

松尾芭蕉

매화 향기에 해 불쑥 떠오르는 나그네 산길

마쯔오 바쇼

가는 봄이여 새가 울어 물고기 눈에도 눈물

마쯔오 바쇼

오래된 연못, 개구리 뛰어드는 물소리 첨벙!

마쯔오 바쇼

鯵の門　雑男

小田原の
沖の釣より
見えつん
虎の
海の
様の
鏡

廣重画

東海道五十三次　小田原
歌川 広重

閑かさや岩にしみ入る蝉の声
시즈카사야 이와니시미이루 세미노코에

松尾芭蕉

愚に暗く茨を掴む蛍かな
구니쿠라쿠 이바라오쯔카무 호타루카나

松尾芭蕉

聲に皆なきしまうてや蟬の殻
코에니미나 나키시마우테야 세미노카라

松尾芭蕉

한낮의 정적, 바위에 파고드는 매미소리 맴~

마쯔오 바쇼

이런 멍청이! 하필 가시를 잡네 반디 대신에

마쯔오 바쇼

소리로 죄다 내질러버렸구나 이 매미 허물

마쯔오 바쇼

湖や暑さを惜しむ雲の峰
미즈우미야 아쯔사오오시무 쿠모노미네

松尾芭蕉

撫子の暑さ忘るる野菊かな
나데시코노 아쯔사와스루루 노기쿠카나

松尾芭蕉

菊の後大根の外更になし
키쿠노노치 다이콘노호카 사라니나시

松尾芭蕉

맑은 호수에 더위도 아쉬운 듯 구름 걸친 산

마쯔오 바쇼

패랭이꽃의 더위를 잊으라고 들국화 피네

마쯔오 바쇼

국화 다 지고 무 이야기 말고는 할 말이 없네

마쯔오 바쇼

枯れ枝に烏のとまりけり秋の暮
카레에다니 카라스노토마리케리 아키노쿠레

　　　　　　　　　　　　松尾芭蕉

見送りのうしろや寂し秋の風
미오쿠리노 우시로야사비시 아키노카제

　　　　　　　　　　　　松尾芭蕉

桃の木のその葉散らすな秋の風
모모노키노 소노하치라스나 아키노카제

　　　　　　　　　　　　松尾芭蕉

마른 가지에 까마귀 앉아 있는 가을 끝자락

마쯔오 바쇼

떠나보내는 뒷모습 더 쓸쓸한 이 가을바람

마쯔오 바쇼

복숭아나무 그 잎 떨구지 마라 가을바람아

마쯔오 바쇼

冨嶽三十六景　武州玉川
葛飾 北斎

行く秋のなほ頼もしや青蜜柑
유쿠아키노 나오타노모시야 아오미카은

松尾芭蕉

物ほしや袋のうちの月と花
모노호시야 후쿠로노우치노 쯔키토하나

松尾芭蕉

掬ぶより早歯にひびく泉かな
무스부요리 하야하니히비쿠 이즈미카나

松尾芭蕉

가을은 가도 그래도 믿음직한 저 푸른 밀감

마쯔오 바쇼

탐나는도다 그 사람 봇짐 속의 달 그리고 꽃

마쯔오 바쇼

머금기 전에 벌써 이빨이 시린 차가운 샘물

마쯔오 바쇼

ほととぎす鳴く鳴く飛ぶぞ忙はし

호토토기스 나쿠나쿠토부조 이소가와시

松尾芭蕉

闇の夜や巣をまどはして鳴く衙

야미노요야 스오마도와시테 나쿠치도리

松尾芭蕉

初しぐれ猿も小蓑をほしげなり

하쯔시구레 사루모코미노오 호시게나리

松尾芭蕉

하루 온종일 울고 날고 울고 날고 바쁜 두견새

마쯔오 바쇼

칠흑 같은 밤 둥지를 찾지 못해 우는 물떼새

마쯔오 바쇼

첫 겨울비에 원숭이도 도롱이 탐나는 눈치

마쯔오 바쇼

屏風には山を画書いて冬籠り
뵤오부니와 야마오에가이테 후유고모리

松尾芭蕉

磨なをす鏡も清し雪の花
토기나오스 카가미모키요시 유키노하나

松尾芭蕉

塩鯛の歯ぐきも寒し魚の店
시오다이노 하구키모사무시 우오노다나

松尾芭蕉

병풍에다가 산 그림 그려 두고 겨울나기 중

마쯔오 바쇼

깨끗이 닦은 거울에 맑게 비친 새하얀 눈꽃

마쯔오 바쇼

절인 도미의 잇몸도 시려 뵈는 저 생선가게

마쯔오 바쇼

柿捥ぎ

喜多川 歌麿

この槌のむかし椿か梅の木か
コノ쯔치노 무카시쯔바키카 우메노키카

松尾芭蕉

梅一輪一輪ほどの暖かさ
우메이치린 이치린호도노 아타타카사

服部嵐雪(1654)

行水の捨てどころなき虫の声
교우즈이노 스테도코로나키 무시노코에

上島鬼貫(1661)

이 나무망치 과거는 동백인지 매화나문지

마쯔오 바쇼

매화 한 송이 그 한 송이만큼씩 피는 따뜻함

핫토리 란세쯔

땀 씻은 물을 버릴 데 없게 하는 풀벌레 소리

우에지마 오니쯔라

乞食かな天地を着たる夏衣

コ지키카나 텐치오키타루 나쯔고로모

宝井其角(1661)

ころぶ人を笑ふてころぶ雪見哉

코로부히토오 와로우테코로부 유키미카나

加賀千代女(1703)

山路來て向かふ城下や凧の数

야마지키테 무카우조우카야 타코노카즈

炭太祇(1709)

여름옷으로 하늘과 땅을 입은 저기 저 거지!

타카라이 키카쿠

눈 구경 나가 미끄덩! 보고 웃다 나도 미끄덩!

카가노 치요조

산길 올라와 마주하는 시가市街와 무수한 연들

탄 타이기

春の海終日のたりのたりかな
하루노우미 히네모스노타리 노타리카나

与謝蕪村(1716)

山鳥の尾を踏む春の入日哉
야마도리노 오오후무하루노 이리비카나

与謝蕪村

菜の花や月は東に日は西に
나노하나야 쯔키와히가시니 히와니시니

与謝蕪村

봄 바다 보게, 봄이라고 온종일 너울 너울 너울

요사 부손

산새의 꼬리 넌지시 밟고 있는 봄날의 석양

요사 부손

유채꽃밭에 달은 동에서 뜨고 해는 서로 지고

요사 부손

山に添ふて小舟漕ぎ行く若葉かな
야마니소우테 코부네코기유쿠 와카바카나

与謝蕪村

紅梅の落花燃らむ馬の糞
코오바이노 락카모유라음 우마노쿠소

与謝蕪村

行く春や水も柳のいとに寄る
유쿠하루야 미즈모야나기노 이토니요루

与謝蕪村

산을 따라서 작은 배 저어 가니 신록이 가득

요사 부손

붉은 매화꽃 떨어져 불붙을 듯 말똥 위에서

요사 부손

봄이 가누나 냇물도 버들가지 쪽에 흐르고

요사 부손

春雨や菜めしにさます蝶の夢
하루사메야　나메시니사마스　초오노유메

与謝蕪村

牡丹散て打かさなりぬ二三片
보탄치리테　우치카사나리누　후타미히라

与謝蕪村

蝸牛のかくれ顔なる葉うら哉
데데무시노　카쿠레가오나루　하우라카나

与謝蕪村

봄비 내리고 유채밭에 깨어난 나의 나비 꿈

요사 부손

모란이 져서 차곡차곡 포개진 꽃잎 두세 장

요사 부손

어린 달팽이 숨바꼭질 중이네 잎새 뒤에서

요사 부손

水底の草にこがるる蛍哉
미나소코노 쿠사니코가루루 호타루카나

与謝蕪村

目にうれし恋君の扇真白なる
메니우레시 코이기미노오오기 마시로나루

与謝蕪村

門を出れば我も行人秋の暮れ
몽오이즈레바 와레모유쿠히토 아키노쿠레

与謝蕪村

냇물 바닥의 풀에게 마음 뺏긴 반딧불 반짝

요사 부손

눈에 기쁘네 사랑하는 그대의 새하얀 부채

요사 부손

문을 나서니 나도 나그네구나 가을 해거름

요사 부손

木曽海道六拾九次之内　長久保

歌川 広重

白露やいばらの刺にひとつづつ

시라쯔유야 이바라노하리니 히토쯔즈쯔

与謝蕪村

草枯て狐の飛脚通り抜け

쿠사카레테 키쯔네노히캬쿠 토오리누케

与謝蕪村

斧入れて香におどろくや冬木立

오노이레테 카니오도로쿠야 후유코다치

与謝蕪村

새하얀 이슬 가시나무 가시에 다 한 방울씩

요사 부손

마른 풀밭을 여우의 날쌘 발이 달려 지나네

요사 부손

도끼 찍다가 향기 튀어 놀라네 겨울 나무숲

요사 부손

朝霧や村千軒の市の音
아사기리야 무라센겐노 이치노오토

与謝蕪村

渡り鳥雲の機手のにしきかな
와타리도리 쿠모노하타테노 니시키카나

与謝蕪村

水鳥や岡の小家の飯煙
미즈토리야 오카노코이에노 메시케무리

与謝蕪村

아침안개와 천 가구 사는 마을 장 서는 소리

　　　　　　　　요사 부손

떼 지어 나는 철새는 구름이 짠 비단이런가

　　　　　　　　요사 부손

물새가 날고 언덕 위의 작은 집 밥 짓는 연기

　　　　　　　　요사 부손

梅が香に障子ひらけば月夜かな
우메가카니 쇼오지히라케바 쯔키요카나

小林一茶(1763)

春風に箸を掴んで寝る子かな
하루카제니 하시오쯔칸데 네루코카나

小林一茶

振向ばはや美女過る柳かな
후리무케바 하야비조스기루 야나기카나

小林一茶

매화 향기에 장지문 열어보니 달밤이로세

코바야시 잇사

봄바람 불어 젓가락 손에 쥔 채 잠이 든 아이

코바야시 잇사

돌아다보니 오호! 미녀가 가네 버드나무 밑

코바야시 잇사

アイリスと草の白鷺
歌川 広重

木の陰や蝶と休むも他生の縁
키노카게야 쵸오토야스무모 타쇼오노엔

小林一茶

死に仕度致せ致せと桜哉
시니지타쿠 이타세이타세토 사쿠라카나

小林一茶

蚤嚙んだ口でなむあみだ仏哉
노미칸다 쿠치데나무아미 다부쯔카나

小林一茶

나무그늘 밑 함께 쉬는 나비도 전생의 인연

코바야시 잇사

죽을 준비를 하라고 하라고 저 벚꽃이 지네

코바야시 잇사

벼룩 터트린 그 입으로 중얼대는 '나무아미타불'

코바야시 잇사

雀の子そこのけそこのけお馬が通る
ス즈메노코 소코노케소코노케 오우마가토루

小林一茶

我と來て遊べや親のない雀
와레토키테 아소베야오야노 나이스즈메

小林一茶

一ツ蚊の聾と知て又来たか
히토쯔카노 쫌보토시리테 마타키타카

小林一茶

아기 참새야 어여어여 비켜라 말 행차시다

코바야시 잇사

이리 와 내가 놀아줄게 엄마 잃은 아기 참새야

코바야시 잇사

모기 한 놈이 나 귀머거린 줄 알고 또 찾아왔군

코바야시 잇사

隅の蜘蛛案じな煤はとらぬぞよ
ス미노쿠모　안지나스스와　토라누조요

小林一茶

草花に尋あたりぬみそさざい
쿠사바나니　타즈네아타리누　미소사자이

小林一茶

木啄もやめて聞かよ夕木魚
키쯔쯔키모　야메테키쿠카요　유우모쿠교

小林一茶

구석의 거미 걱정 말게 난 청소 잘 안 하니까

코바야시 잇사

뭘 잃은 건지 이 풀 저 꽃 왔다갔다 묻는 굴뚝새

코바야시 잇사

딱따구리도 동작 멈추고 듣나 저녁 목탁 소리

코바야시 잇사

百人一首　うばがゑとき　伊勢

葛飾 北斎

むれる蠅皺手に何の味がある

무레루하에 시와테니난노 아지가아루

小林一茶

群蠅よ糞すべからず菊の花

무레하에요 쿠소스베카라즈 키쿠노하나

小林一茶

蠅の替りにたゝかるゝ畳哉

하에노카와리니 타타카루루 타타미카나

小林一茶

성가신 파리, 주름진 손에 무슨 맛이 있다고

코바야시 잇사

파리 친구들! 거긴 배변 금지다 국화꽃이야

코바야시 잇사

파리 대신에 애꿎게 맞고 있는 방바닥이여

코바야시 잇사

留主にするぞ恋して遊べ庵の蠅

루스니스루조 코이시테아소베 이오노하에

小林一茶

蠅一つ打っては山を見たりけり

하에히토쯔 웃테와야마오 미타리케리

小林一茶

やれ打つな蠅が手をする足をする

야레우쯔나 하에가테오스루 아시오스루

小林一茶

외출할 테니 마음껏 사랑하렴 파리 부부야

코바야시 잇사

파리 한 마리 탁 치고서 먼산을 바라다보네

코바야시 잇사

치지 마시게, 파리가 손도 발도 싹싹 빌잖아

코바야시 잇사

めでたさは今年の蚊にも喰われけり
메데타사와 코토시노카니모 쿠와레케리

小林一茶

其石が天窓あぶないとぶ蛍
소노이시가 아타마아부나이 토부호타루

小林一茶

出よ蛍錠をおろすぞ出よ蛍
데요호타루 조오오로스조 데요호타루

小林一茶

경사네 그려, 모기에 물렸으니 올해도 살아

코바야시 잇사

거기 바위에 머리 부딪치겠다, 조심해 반디!

코바야시 잇사

나오게 반디! 문 잠그고 나가니 어서 나오게

코바야시 잇사

江戸高名会亭尽　今戸橋之図　金波楼
歌川広重

我袖を草と思ふかはふ蛍
와가소데오 쿠사토오모우카 하우호타루

小林一茶

柴門や錠のかはりの蝸牛
시바카도야 조오노카와리노 카타쯔무리

小林一茶

蝸牛気永に不士へ上る也
카타쯔무리 키나가니후지에 노보루나리

小林一茶

내 옷소매를 풀인 줄 아는 건가, 기는 이 반디

코바야시 잇사

사립문짝에 자물쇠 대신으로 얹힌 달팽이

코바야시 잇사

달팽이 하나 쉬엄쉬엄 후지산 올라가시네

코바야시 잇사

痩蛙負けるな一茶是にあり
야세가에루 마케루나잇사 코레니아리

小林一茶

夕不二に尻を並べてなく蛙
유우후지니 시리오나라베테 나쿠카에루

小林一茶

耻入てひらたくなるやどろぼ猫
하지이리테 히라타쿠나루야 도로보네코

小林一茶

야윈 개구리 힘내시게, 잇사가 여기 있잖아

코바야시 잇사

저녁 후지산 엉덩이도 나란히 우는 개구리

코바야시 잇사

부끄러우냐 납작 엎드려 있는 도둑고양이

코바야시 잇사

涼風の曲がりくねつて來たりけり
スズカゼノ 마가리쿠넷테 키타리케리

小林一茶

夕日影町一ぱいのとんぼかな
유우히카게 마치잇파이노 톰보카나

小林一茶

うつくしや障子の穴の天の川
우쯔쿠시야 쇼지노아나노 아마노카와

小林一茶

선선한 바람 굽어 둘러 둘러서 내게로 왔네

코바야시 잇사

저녁 해거름 마을 하늘 한 가득 잠자리 무리

코바야시 잇사

곱기도 해라 창호지 구멍 속에 비친 은하수

코바야시 잇사

諸國名橋奇覧　足利行道山くものかけはし
葛飾 北斎

寝返りをするぞそこのけ蛬
네가에리오 스루조소코노케 키리기리스

小林一茶

蛬かゞしの腹で鳴にけり
키리기리스 카가시노하라데 나키니케리

小林一茶

猫の子がちょいと押さえる落葉かな
네코노코가 쵸이토오사에루 오치바카나

小林一茶

돌아눌 테니 거기 좀 비켜주게 귀뚜라미군

코바야시 잇사

귀뚜라미가 노래 연습하는 건 허수아비 배 속

코바야시 잇사

아기 고양이 앞발로 잡아챈 건 아, 낙엽이네

코바야시 잇사

大根引き大根で道を教へけり
다이코히키 다이코데미치오 오시에케리

小林一茶

夕やけや唐紅の初氷
유우야케야 카라쿠레나이노 하쯔고오리

小林一茶

一人と帳面につく夜寒かな
이치닌토 초오멘니쯔쿠 요사무카나

小林一茶

무를 뽑다가 뽑은 무로 갈 길을 가리켜주네

코바야시 잇사

저녁노을에 주홍빛 물이 드는 올해 첫 얼음

코바야시 잇사

'혼자'요 하니 '혼자'라 장부 적는 추운 밤 여숙

코바야시 잇사

心からしなのゝ雪に降られけり
코코로카라 시나노노유키니 후라레케리

小林一茶

野仏の御鼻の先の氷柱哉
노보토케노 오하나노사키노 쯔라라카나

小林一茶

とぶな蚤それそれそこが角田川
토부나노미 소레소레소코가 스미다가와

小林一茶

마음 끝까지 시나노의 눈발을 맞고 있나니

코바야시 잇사

들에 서 계신 돌부처님 코끝에 열린 고드름

코바야시 잇사

뛰지 마 벼룩, 거기 거기 그쪽은 강물이니까

코바야시 잇사

諸國名橋奇覧　三河の八ツ橋の古図
葛飾 北斎

とべよ蚤同じ事なら蓮の上
토베요노미 오나지코토나라 하스노우에

小林一茶

米まくも罪ぞよ鶏が蹴合ふぞよ
코메마쿠모 쯔미조요토리가 케아우조요

小林一茶

露の世は露の世ながらさりながら
쯔유노요와 쯔유노요나가라 사리나가라

小林一茶

뛰게나 벼룩, 어차피 뛸 거라 연꽃 위에로

코바야시 잇사

모이 주기도 죄로구나, 닭들이 치고받으니

코바야시 잇사

이슬 세상은 이슬 세상인 채로 그래도 세상

코바야시 잇사

稲妻を浴せかけるや死ぎらひ
이나즈마오 아비세카케루야 시니기라이

小林一茶

水の面にあや織りみだる春の雨
미즈노모니 아야오리미다루 하루노아메

良寛(1758)

夢さめて聞くは蛙の遠音かな
유메사메테 키쿠와카와즈노 토오네카나

良寛

번개가 번쩍! 들이치니 죽기는 싫다는 얼굴

코바야시 잇사

연못 수면에 어지러이 무늬 짜네 봄비 내리며

료칸

꿈에서 깨니 멀리서 들려오는 개구리 소리

료칸

甲陽猿橋之図
歌川 広重

三代目大谷鬼次
勝川 春英

ぬす人に取り残されし窓の月
누숫토니 토리노코사레시 마도노쯔키

良寛

鳴かずんば殺してしまえ時鳥*
나카즘바 코로시테시마에 호토토기스

松浦静山(1760)

鳴かずんば鳴かして見せう時鳥
나카즘바 나카시테미세우 호토토기스

松浦静山

 이하 셋 다 에도시대 후기의 히라토 번주(平戸藩主) 마쯔라 세이잔(松浦静山)이 수필에서 읊은 유명한 구.

214

도둑이 깜빡 남겨두고 달아난 창에 걸린 달

료칸

울지 않으면 죽여 없애버려라 고운 두견새

마쓰라 세이잔

(오다 노부나가織田信長의 성정을 읊음)

울지 않으면 울게 해 보이리라 고운 두견새

마쓰라 세이잔

(토요토미 히데요시豊臣秀吉의 성정을 읊음)

鳴かずんば鳴くまで待とう時鳥
나카즘바 나쿠마데마토오 호토토기스

松浦静山

鳴かずんばそれもまたよしホトトギス*
니카즘바 소레모마타요시 호토토기스

松下幸之助(1894)

울지 않으면 울기를 기다리리, 고운 두견새

마쯔라 세이잔

(토쿠가와 이에야스德川家康의 성정을 읊음)

울지 않으면 그 또한 좋지 않나, 고운 두견새

마쯔시타 코노스케

근대의 하이쿠 近代の俳句

1867년 이후

柿くへば鐘が鳴るなり法隆寺
カ키쿠에바 카네가나루나리 호류지

正岡子規(1867)

うつむいて何を思案の百合の花
우쯔무이테 나니오시안노 유리노하나

正岡子規

稲妻や折々見ゆる滝の底
이나즈마야 오리오리미유루 타키노소코

夏目漱石(1867)

감을 먹자니 종소리 울려오네 저기 호류지

마사오카 시키

고개 숙이고 무얼 생각하시나 백합꽃이여

마사오카 시키

번개가 번쩍! 순간순간 보이는 폭포 밑바닥

나쯔메 소세키

肩に来て人なつかしや赤蜻蛉
카타니키테 히토나쯔카시야 아카톰보

夏目漱石

たたかれて昼の蚊を吐く木魚哉
타타카레테 히루노카오하쿠 모쿠교카나

夏目漱石

灯を消せば涼しき星や窓に入る
히오케세바 스즈시키호시야 마도니이루

夏目漱石

어깨에 와서 붙임성 있게 앉네 고추잠자리

나쯔메 소세키

두들겨 맞아 낮에 먹은 모기를 내뱉는 목탁

나쯔메 소세키

등불을 끄니 시원스런 별들이 창으로 드네

나쯔메 소세키

「富嶽三十六景　神奈川沖浪裏」
葛飾北斎

樽柿の渋き昔を忘るるな
타루가키노 시부키무카시오 와스루루나

夏目漱石

時鳥厠半ばに出かねたり[*]
호토토기스 카와야나카바니 데카네타리

夏目漱石

虹立ちて雨逃げて行く広野かな
니지타치테 아메니게테유쿠 히로노카나

高浜虚子(1874)

[*] 정치인의 부름에 보낸 답서

달디단 홍시, 떫었던 젊은 날을 잊지 마시게

나쓰메 소세키

오란 두견새, 똥 누느라 바빠서 못 나가겠네

나쓰메 소세키

무지개 떠서 비가 내빼고 있는 드넓은 들판

타카하마 쿄시

空をあゆむ朗々と月ひとり
소라오아유무 로오로오토 쯔키히토리

荻原井泉水(1884)

啄木鳥や落葉をいそぐ牧の木々
키쯔쯔키야 오치바오이소구 마키노키기

水原秋桜子(1892)

星のとぶもの音もなし芋の上
호시노토부 모노오토모나시 이모노우에

阿波野青畝(1899)

하늘을 걷네, 낭랑한 모습으로 달이 혼자서

오기와라 세이센스이

딱따구리와 낙엽을 서두르는 목장 나무들

미즈하라 슈오시

별이 흐르는 소리도 하나 없네, 감자꽃 위엔

아와노 세이호

기타 その他の俳句

桜咲き眺む笑顔も花となる

사쿠라사키　나가무에가오모　하나토나루

李洙正

紫陽花と滴で遊ぶ蝸牛

아지사이토　시즈루데아소부　카타쯔무리

李洙正

青空に秋描きおる赤蜻蛉

아오조라니　아키에가키오루　아카톰보

李洙正

벚꽃 피어서 보며 웃는 얼굴도 꽃으로 피네

이수정

수국꽃이랑 물방울 갖고 노는 어린 달팽이

이수정

푸른 하늘에 가을 그리고 있는 고추잠자리

이수정

息白く兎と登る雪山路

이키시로쿠 우사기토노보루 유키야마지

李洙正

숨도 하얗게 토끼와 함께 가는 눈 내린 산길

이수정

名所江戸百景　浅草　金龍山
歌川広重

四季江都名所　冬　隅田川之雪
歌川 広重

3. 센류川柳

하이후 야나기다루 誹風柳多留

1765-1840

本降りになって出ていく雨宿り

혼부리니 낫테데테이쿠 아마야도리

これ小判たった一晩ゐてくれろ

코레코반 닷타히토반 이테쿠레로

寝ていても団扇のうごく親心

네테이테모 우치와노우고쿠 오야고코로

비 피했다가 다시 나가니 에구 제대로 좍좍

돈이여 제발, 하룻밤만이라도 머물러주렴

자고 있어도 부채질 쉬지 않는 부모님 마음

役人の子はにぎにぎをよく覚え

야쿠닌노 코와니기니기오 요쿠오보에

子が出来て川の字型に寝る夫婦

코가데키테 카와노지나리니 네루후우후

母親はもったいないがだましよい

하하오야와 못타이나이가 다마시요이

아전의 자식 잼잼이 하나만은 제대로 하네

애가 태어나 '내 천'자 모양(川)이 된 부부 잠자리

엄마라는 건 죄송한 말이지만 속이기 좋죠

子を持ってやうやう親のばかが知れ

コ오못테 요우요우오야노 바카가시레

孝行のしたい時分に親はなし

코오코오노 시타이지분니 오야와나시

子を持った大工一足おそく来る

코오못타 다이쿠히토아시 오소쿠쿠루

애를 키우며 비로소 알게 되는 부모들 심정

효도해볼까 생각들 때면 이미 부모는 없고

애들이 있는 목수는 꼭 한 걸음 늦게 오더군

浅草　浅草寺
葛飾 北斎

泣き泣きもよい方を取る形見分け

나키나키모 요이호오토루 카타미와케

絵で見ては地獄の方が面白し

에데미테와 지고쿠노호오가 오모시로이

泥棒を捕えてみれば我が子なり

도로보오 토라에테미레바 와가코나리

눈물은 나도 좋은 쪽을 고르는 유품 나누기

그림이라면 지옥을 보는 쪽이 훨씬 재밌지

도둑질한 놈 잡고 보니 어라라 우리 아들놈

かんざしも逆手に持てばおそろしい

칸자시모 사카테니모테바 오소로시이

どっからか出して女房は帯を買い

독카라카 다시테뇨보와 오비오카이

蟻一つ娘ざかりを裸にし

아리히토쯔 온나자카리오 하다카니시

예쁜 비녀도 손에 쥐고 겨누면 에고 무셔라

정말 신기해 어디서 나오는지 마누라 옷값

개미 한 마리 어여쁜 아가씨를 홀랑 벗기네

愛想のよいをほれられたと思い

아이소오노 요이오호레라레 타토오모이

蠅は逃げたのに静かに手を開き

하에와니게 타노니시즈카니 테오히라키

忍ぶ夜の蚊はたたかれてそっと死に

시노부요노 카와타타카레테 솟토시니

붙임성 있는 것을 반한 거라고 착각하다니

파리는 벌써 튀었는데 조심조심 펴보는 두 손

인고의 밤에 모기는 손바닥에서 조용히 임종

今戸橋之圖

江戸高名会亭尽　今戸橋之図　金波楼
歌川広重

酔ったあす女房のまねるはづかしさ
욧타아스 뇨보노마네루 하즈카시사

死水を嫁にとられる残念さ
시니미즈오 요메니토라레루 잔넨사

一の富何処かの者が取りは取り
이치노토미 도코카노모노가 토리와토리

취한 다음날 마누라 흉내 보니 에고 창피해

마누라보다 내가 먼저 죽다니 이런 유감이!

제일 부자는 어딘가의 누군가 되기는 되지

歯は入れ歯目はめがねにて事たれど

하와이레바 메와메가네니테 코토타레도

雨やどり額の文字を能おぼえ

아마야도리 가루노모지오 요루오보에

腹立って出る傘はひらきすぎ

하라닷테 데루카라카사와 히라키스기

이에는 틀니 눈에는 안경으로 어쩐다 해도

비 피할 동안 간판 글자는 왠지 잘도 외워져

성질이 나서 펼쳐든 우산은 꼭 뒤집혀 펴져

牡丹餅を気の毒そうに晴れて喰い
보타모치오 키노도쿠소오니 하레테쿠이

姑婆いびるがやむと寝糞をし
슈우토바바 이비루가야무토 네구소오시

嘘も少しはつきますと女衒いい
우소모스코시와 쯔키마스토 제겐이이

제사 지낸 떡 슬픈 듯한 얼굴로 기쁘게 먹네

미운 시에미 구박이 끝나더니 벽에다 똥칠

거짓말이요? 조금은 보태지요 뚜쟁이 말씀

『北国五色墨』「おいらん」
喜多川 歌麿

二代目嵐龍藏·三代目瀬川菊之丞
勝川 春好

五分五分に枕をよせる旅戻り

고부고부니 마쿠라오요세루 타비모도리

仲人はあばたの数をかぞえて来

나코우도와 아바타노카즈오 카조에테키

仲人は小姑一人殺すなり

나코우도와 코주우토히토리 코로스나리

서로 조금씩 베개 갖다 붙이는 여행 귀가 날

중매쟁이는 곰보자국 수까지 다 챙겨와서

중매쟁이는 시누이 하나씩은 그냥 죽이지

まくら絵を高らかに読み叱られる
마쿠라에오 타카라카니요미 시카라레루

だんだんにそんならの出る面白さ
단단니 손나라노데루 오모시로사

男ならすぐに汲うに水鏡
오토코나라 스구니스쿠우니 미즈카가미

19금 책을 낭랑하게 읽다가 된통 혼나고

조금 조금씩 '그럼…' 하고 나오는 사랑의 묘미

사내 비치면 바로 움켜뜰 텐데 저 명경지수

相性は聞きたし年は隠したし

아이쇼오와 키키타시토시와 카쿠시타시

いけんきく息子の胸に女あり

이켄키쿠 무스코노무네니 온나아리

我がすかぬ男の文は母に見せ

와가스카누 오토코노후미와 하하니미세

궁합은 듣고 싶고 나이는 감추고 싶고

의견을 묻는 아들놈 가슴속에 여자가 있네

맘에 안 드는 사내의 편지라면 엄마 보이고

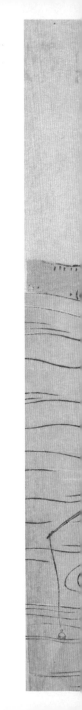

Kyo Shi
礒田 湖龍斎

逃げしなにおぼえてゐろは負けたやつ

니게시나니 오보에테이로와 마케타야쯔

姑死に嫁片腕を継いだよう

슈토메시니 요메카타우데오 쯔이다요오

女房の留守もなかなか乙なもの

뇨보노 루스모나카나카 오쯔나모노

달아나면서 '두고 봐!' 하는 것은 졌다는 얘기

시에미 죽고 며느리 그 한 솜씨 물려받은 듯

마누라님의 출타도 이거 제법 쓸만한 거네

掛人寝言にいふがほんのこと

카카리우도 네고토니이우가 혼노코토

口がるく尻のおもたい居候

쿠치가루쿠 시리노오모타이 이소오로오

恥ずかしさ知って女の苦のはじめ

하즈카시사 싯테온나노 쿠노하지메

우리집 식객 잠꼬대 들어보니 사실은 본심

입은 가볍고 엉덩이는 무거운 우리집 식객

부끄럼 알면 그때부터 여자의 고생길 시작

ほれたとは女のやぶれかぶれなり

호레타토와 온나노야부레 카부레나리

雲となり雨となったで月を見ず

쿠모토나리 아메토낫타데 쯔키오미즈

あらざらむ此世のほかの嫁いびり

아라자라음 코노요노호카노 요메이비리

'반했다'는 건 여자의 자포자기, 될 대로 돼라

구름雲이 되고 비雨가 되었다 해서 달月 못 봐서야
[운우지정을 나눈다고 달거리를 안 챙기다니!]

아마 없을 걸 인간세상 말고는, 며느리 구박

歌川國芳画 「源氏雲浮世画合 浮舟 おまつ 赤堀水右衛門」
歌川 國芳

失念といへば立派な物忘れ
시쯔넨토 이에바릿파나 모노와스레

緑子の欠びの口の美しき
미도리고노 아쿠비노쿠치노 우쯔쿠시키

奥様といはれて顔が別になり
오쿠사마토 이와레테카오가 베쯔니나리

망각이라면 어쩐지 멋져 뵈는 깜빡 건망증

갓난아이의 하품하는 작은 입 아유 예뻐라

마님이라고 불러주니 곧바로 딴사람 얼굴

口留めに知った話のはがゆくて
루치도메니 싯타하나시노 하가유쿠테

つまるところ酒屋がための桜咲く
쯔마루토코로 사카야가타메노 사쿠라사쿠

隣から戸をたたかれる新世帯
토나리카라 토오타타카레루 아라조타이

입 다물라니 아는 이야기 두고 입 근질근질

결국은 뭐야, 술장사들 위해서 벚꽃 핀 거군

이웃집에서 문 두드리게 되는 신혼부부 집

雪兎図
礒田 湖龍斎

人をみなめくらに瞽女の行水し

히토오미나 메쿠라니코제노 교오즈이시

かみなりをまねて腹掛やっとさせ

카미나리오 마네테하라카케 얏토사세

棒ほどなこと針ほどに母かばい

보오호도나 코토하리호도니 하하카바이

사람을 모두 눈멀게 하는 눈먼 여악사 목욕

천둥 흉내로 아이놈 배두렁이 겨우 덮었네

막대만한 걸 바늘 정도라 하며 감싸는 엄마

惚れにくい顔がきて買う惚れ薬
호 래 니 쿠 이　카 오 가 키 테 카 우　호 레 구 스 리

にこにこと医者と出家がすりちがひ
니 코 니 코 토　이 샤 토 슛 케 가　스 리 치 가 이

반하기 힘든 얼굴이 와서 사는 반하는 묘약

웃는 얼굴로 돈 챙겨 교대하는 의사와 법사

근대의 센류 近代の川柳*

1867년 이후

* 《狂句集》, 江草斧太郎編, 1905年, 《家庭川柳》, 角恋坊編,
1906年, 《川柳解》, 雨谷幹一編, 1911年, 《川柳選》, 芳賀矢一
校, 1912年 등에서 고름.

神仏は人の功徳で家が出来
신부쯔와 히토노쿠도쿠데 이에가데키

まづ蠅が喰って夫から客が喰ひ
마즈하에가 쿳테소레카라 캬쿠가쿠이

女房をこわがる奴は金が出来
뇨보오 코와가루야쯔와 카네가데키

신과 부처는 사람의 공덕으로 집이 생기고

파리가 먼저 드시고 그 다음에 손님 드시고

마누라님을 무서워하는 자는 복이 있나니

武士の喧嘩に後家が二人出来
사무라이노 켄카니고케가 후타리데키

子を抱けば男にものが言い易し
코오다케바 오토코니모노가 이이야스시

わらはれる度に田舎の垢がぬけ
와라와레루 타비니이나카노 아카가누케

사무라이의 싸움 뒤에 생겨난 생과부 두명

애를 안으면 사내한텐 말하기 훨씬 쉬운 법

놀림을 받는 그때마다 조금씩 촌티를 벗고

東海道五十三次　鳴海　名産絞り店
歌川広重

しかられた通りに母はしかる也
시카라레타 토오리니하하와 시카루나리

形見分はじめて嫁の欲が知れ
카타미와케 하지메테요메노 요쿠가시레

かりる時息子は舌がよくまはり
카리루토키 무스코와시타가 요쿠마와리

잔소리 들은 딱 그대로 하시는 엄마 잔소리

유산 나눌 때 비로소 드러나는 며느리 욕심

돈 달랄 때는 아들 녀석 혓바닥 정말 잘 돌아

つらの皮あつく唇うすくなり
쯔라노카와 아쯔쿠쿠치비루 우스쿠나리

軒下へ花を咲かせる俄雨
노키시타에 하나오사카세루 니와카아메

足おとで二つにわれるかげぼうし
아시오토데 후타쯔니와레루 카게보시

얼굴 가죽이 두꺼운 놈일수록 입술은 얇고

처마 밑에다 사랑꽃도 피우는 여름 소나기

기척소리에 둘로 갈라지는 저 그림잔 뭐지?

기타 その他の川柳

古時計止まっても一日二度は合う
후루도케이 토맛테모 이치니치 니도와아우

李洙正

宝くじ当たらず猫に八つ当たり
타카라쿠지 아타라즈네코니 야쯔아타리

李洙正

跪き妻と報いにピザも喰い
히자마즈키 쯔마토무쿠이니 피자모쿠이

李洙正

오래된 시계 멎어도 하루 두 번 맞기도 하지

이수정

오늘도 복권 안 맞아서 엉뚱한 고양이 맞네

이수정

항복하니깐 행복하게 아내와 피자도 먹고

이수정

金をかけやっと気に入る眼鏡掛け
카네오카케 얏토키니이루 메가네카케

李洙正

큰돈을 쓰니 겨우 마음에 드는 안경을 쓰네

이수정

제목없음

昇斎 一景

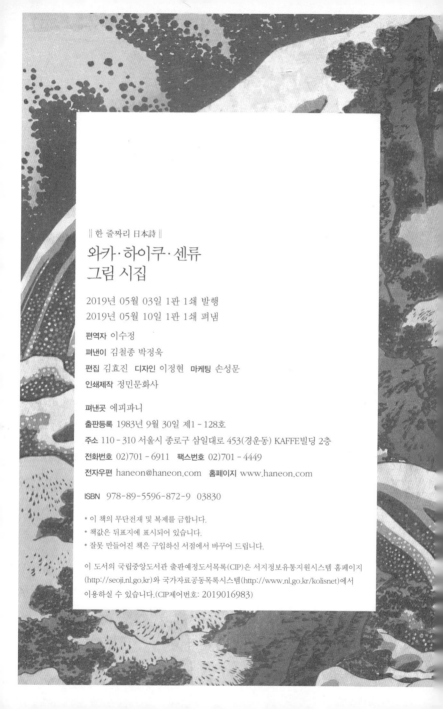

‖ 한 줄짜리 日本詩 ‖

와카·하이쿠·센류
그림 시집

2019년 05월 03일 1판 1쇄 발행
2019년 05월 10일 1판 1쇄 펴냄

편역자 이수정

펴낸이 김철종 박정욱

편집 김효진 **디자인** 이정현 **마케팅** 손성문

인쇄제작 정민문화사

펴낸곳 에피파니

출판등록 1983년 9월 30일 제1 - 128호

주소 110 - 310 서울시 종로구 삼일대로 453(경운동) KAFFE빌딩 2층

전화번호 02)701 - 6911 **팩스번호** 02)701 - 4449

전자우편 haneon@haneon.com **홈페이지** www.haneon.com

ISBN 978-89-5596-872-9 03830

이 도서의 국립중앙도서관 출판예정도서목록(CIP)은 서지정보유통지원시스템 홈페이지
(http://seoji.nl.go.kr)와 국가자료공동목록시스템(http://www.nl.go.kr/kolisnet)에서
이용하실 수 있습니다.(CIP제어번호: 2019016983)